红棉花开

带刀的风

范剑峰 著

中国纺织出版社有限公司

内 容 提 要

诗集《带刀的风》共分四辑，收录了作者近年来创作的一百多首诗歌，诗风唯美、感伤又不失明亮与希望，诗意浓郁又表意清晰。第一辑"行走岁月"是一个人在人间行走的足迹、感悟和忧伤，以及回首岁月的情感反刍和诗意回响。第二辑"王子山下"描述的是现代乡愁，是王子山下的老屋，是驻守老屋最后的养蜂人，是乡村的磨难、安宁和梦想。第三辑"梦叙云心"是生之所想，梦之所牵，爱之所系，是作者对爱、生活、理想与自由的畅想。第四辑"面具"隐藏着对生命的自省和对命运的观察，既有对历史清醒的召唤，也饱含着作者对未来美好的盼望。

图书在版编目（CIP）数据

带刀的风 / 范剑峰著. -- 北京：中国纺织出版社有限公司，2025.2
（红棉花开）
ISBN 978-7-5229-1776-4

Ⅰ.①带⋯　Ⅱ.①范⋯　Ⅲ.①诗集-中国-当代　Ⅳ.①I227

中国国家版本馆CIP数据核字（2024）第096294号

责任编辑：刘梦宇　　责任校对：高　涵　　责任印制：储志伟

中国纺织出版社有限公司出版发行
地址：北京市朝阳区百子湾东里A407号楼　邮政编码：100124
销售电话：010—67004422　传真：010—87155801
http://www.c-textilep.com
中国纺织出版社天猫旗舰店
官方微博 http://weibo.com/2119887771
北京虎彩文化传播有限公司印刷　各地新华书店经销
2025年2月第1版第1次印刷
开本：880×1230　1/32　总印张：72
总字数：890千字　总定价：680.00元（全9册）

凡购本书，如有缺页、倒页、脱页，由本社图书营销中心调换

隐约的诗意让人生趋向完整

——范剑峰诗集《带刀的风》序

沈鱼

每个人出生时都携带一首诗,这首诗有他全部的血缘、经历、情感、青春与记忆。

有的人在漂泊中有诗,有的人在迷离中有诗,有的人在后悔中有诗。有的人,在琐碎与浮华中寻诗。诗总是飘浮在尘世中,有时咋咋呼呼,有时隐隐约约,有时豁然开朗。剑峰的诗,还深藏于王子山的迷雾与山峰之中,躲闪在深谷与幽涧之下,有时云遮雾罩,似有形骸,有时悬崖突现,但又迷失在欲言又止的语言烟霞里。

谈剑峰的诗,离不开王子山。他曾自号"王子山人",或许王子山需要一个代言人,替它说出朦胧的传说、灿烂的光景和明灭的光阴,替它说出王子山的子民,曾经的磨难、现在的安宁和未来的梦境。剑峰的诗,已初见言说的波澜,但还需要掷下一块疼痛的石头,这石头粗糙而尖锐,需要打磨成明月一般光滑、山风一样冰凉。当他把这日常的顽石投进思想的深河,才会听见诗意的回声。

王子山我去过,和范剑峰及花都本地诗友驱车入林、沿途觅诗,登高望远,极目骋怀、畅叙幽情,生沉浮之心,发古今之叹。山中悠游,也有一时之感慨,也有一日之欢愉。而后在范剑峰位于王子山脚下的祖宅宴饮,相谈甚洽。此地因旅游开发,村民皆已外迁,只留下几处旧宅、两个古祠以及一些恋旧的老人,在山脚下溪涧边摆摊卖些土特产,或以宅为店,为往来的游客提供农家菜。对我来说,这里我只是来过,或许若有所思,留下几行诗,或许酒酣人醉,兴尽而归,不落一字,也没有什么遗憾的。但对于剑峰来说,这里就是人世的源头,是起点,是过程,也是归宿。所幸祖宅尚存,仍有父辈留守,念想还有所托。在王子山深处,那父辈的坚忍是诗,那少年的磨砺是诗,那青春的出走是诗,那中年的折返也是诗。那带刀的风是古老的训斥,那柔软的水是温柔的叮嘱,那喧嚣的鸟儿是孤独时的伙伴,那安静的树木是忠实的听众。已有吉光片羽在剑峰的诗句中显影,还有更多岁月的箴言需要剑峰用回忆和遐想造句。

剑峰姓范,宋朝范仲淹后人,在广州花都的始祖是范仲淹的第十八世孙。范家祖宅坐落在花都区梯面镇王子山下,青砖黛瓦、人字封火山墙、天井花岗岩条石铺地,虽已老旧却不残破,风韵依然干净硬朗,一厅四房彰显曾经的繁华与鼎盛,也能想象当年范氏族人在此勤劳耕读、繁衍生息的场景。而在范氏祖宅的东面,修葺一新的范氏宗祠,既有"高平门第,将相家声"的楹联,也有"青钱世泽，范氏家风"的祖训，还有"进士""武魁"的牌匾。这些姓氏源流、家族传说与族谱传承，既是一个人人文精神的背景，也是一个人现实生活的源泉。我们其实不知道是什么成就了一首诗，但一个诗人，肯定既有宗族的寻根，也有血脉的溯源。剑峰以身体不在场的方式，揭示出灵魂在场的意义，这灵魂也许只是一个普通的思乡的魂魄，当这魂魄归来，"河水浑浊，坐乱石上的垂钓老者两手空空"，那些外出者、漂流者、归来者，是否都有"不曾在这座山栖居"的感叹呢？"谁又还记得大雁到过天空？／谁又还记得小溪流过大山？"其实问题就是答案："我想借助一座墓碑去找寻历史／敌不过迁出的灵魂／我为姓氏用自然的笑容念一段悼词。"对历史与变迁的思索也要落到实处，"一朵花开，从时间里来，青春摇曳至落红成泥／开到荼蘼也是瞬间芳华／比起彷徨，不如活在当下"。所以，当我们终于离开故地，即使现代化的工具使这种迁移变得不是那么遥不可及，但断裂感、疏离感、孤独感甚至撕裂感的产生不是因为空间的隔断，而是社会变迁、人事凋零和时代幻化的影响，使忙碌、疲惫而焦虑的人们亟须寻找另一种灵魂的支点，亟须建设另一片精神的园田，从乡愁中来，但不只是回山村里去。从农业文明跃升到工业文明，可能需要经过许多年。从肉身的动荡返回精神的安居，有时只需要数行诗。"我还记起顽石受尽的折磨／柿子用通红的肉身换来种子的灵魂"，这里面，当然还有不可尽诉的悲喜或未及写出的疼痛。他说："我是在等一缕春风……我是在等一场夜雨……我是在等一帘幽梦……我在等一个知音，我在等一个未来……"他是在等山上一片飘忽不定的彩云,他是在等山下成片成片的油菜花开,他是在等一个长相厮守的人,他是在等一颗复归旧地时乡土般平静的心。

人类史漫长遥远,显然不可问,但个人史如此短暂却又如此难解,我们还是应该问一问:我们应该如何让生命完整?我们扎根在大地上,但又不被土地捆绑。范剑峰,他又应该在一首诗中如何问答?他也有行走的诗意和行走的忧伤,在漂泊中重新定义现代的乡愁。他也有对人性面具的反思,有对历史深处的忧虑。他执迷于春草、夏花、秋叶表面上的光影形容,又领悟了奶奶、父亲、母亲言行里的岁月真谛。他有对理想爱情的浮想联翩,"赴约一场没有结果的遇见",又有对日常恩爱的坚定信念,"嫉妒过别人浪漫的爱情/但爱情的最好礼物/原来是平凡的生活"。没有经历诗歌的人又怎么可能有沉着的思想,"我经过一片草地时总留恋峰峦的壮阔/只是风把我送到比尘埃还低的地方/你习惯仰望的眼神忽略了小草的坚强/庭前的花香只是我人生的告诫",总是世俗的欲望让生存支离破碎,总是隐约的诗意让人生趋向完整。

王子山需要一个诗人,可以是范剑峰,也可以是别人。剑峰当然可以在王子山外找到更丰富多彩的诗情,但那颗简单纯粹的诗心,总是隐隐约约地,浮现在王子山的深山、远水、烟云与天色中。

2023 年 3 月 18 日

沈鱼：福建省漳州市诏安县人，中国作家协会会员，文学创作二级作家，著有诗集《借命》《花香镇》等，曾获《诗刊》2015年度陈子昂青年诗歌奖、《诗探索》第二届"中国诗歌发现奖"、广东省有为文学奖第三届"桂城杯"诗歌奖，曾参加《诗刊》社第32届"青春诗会"，现居广州。

目 录

001 辑一　行走岁月
002 这里我来过
004 行走的忧伤
006 额尔古纳
008 莫尔格勒河
009 醉长沙
011 雨中英西峰林
013 再游英西峰林
015 醉　途
017 魅力湘西
019 疆
021 南沙印象（组诗）
026 埔上行（组诗）
029 天空之桥
031 有一种悠闲叫彭镇老茶馆
033 彩云之南
035 荷湖雅韵

037　请留心中一份宁静
039　心灵出走
041　给我一个回眸
043　从独处想到孤独
045　行走摩洛哥
047　撒哈拉沙漠
049　行走色达
051　黄姚古镇

053　辑二　王子山下

054　王子峰峦
057　风
059　水
061　老电影
062　柿子树
064　登王子山
066　王子山茶
068　烟　霞
070　老　屋
072　秋　月
074　乡　愁
076　油菜花

078　古　祠
080　写一个春天
082　我站在山顶高呼
084　五月离年轻更近一点
086　我不知道
088　母　亲
090　父　亲
092　大约在冬季
094　回家过年
096　记忆里的追梦人（组诗）
100　守　望

103　辑三　梦叙云心

104　梦叙云心
106　花时间
108　芝兰帖
109　十　年
111　对　话
113　清明帖
115　我坚信五月的云是雨后的彩虹
117　今晚降温
118　立冬帖

120　在云端寻找你的背影

121　多　想

123　伤　春

125　秋夜无眠

127　仿　佛

129　雨中黄昏

131　如果云知道

133　一封信

135　一帘幽梦

136　自　由

138　心　尘

140　花间烟火四季酒（组诗）

146　中国梦

148　读《楚辞》（组诗）

152　保持距离是爱的隐喻

154　深情帖

155　辑四　面具

156　面　具

158　味　道

160　夏　花

162　历史老师

164	爱那么短，遗忘却那么长
166	木棉花开
168	初夏静夜
170	拥　抱
172	莲
174	吻　别
176	痕　迹
178	恋
180	无　题
182	窗　外
184	影　子
186	花间辞（组诗）
189	写在七夕
191	等
193	酒醉秋风
195	心　事
197	墙隅一绿
199	三月，我用青春写诗
201	呼　唤
203	盛夏毕业季
205	六月天
207	与我所说一致

209 在炎热的时候等待一场雨
211 阴沉的天空那么大
213 雨夜的哲思

215 后记：生活如诗

辑一　行走岁月

这里我来过

这不是旅行的定义,的确这里我来过
这里是风吹落你长发,留下你香味的地方
从此乡愁不是我第一挂念的情绪
我还要驻足欣赏满山红叶,幽谷清流
折下的树枝不打算留下,还有虚无
仿似人间走一遭拾得的片言只字
记取生命的断章只需镌刻无字石碑
写下悼词的人早已没了光阴
里头外头都不会为思念的痛点让路

这里我来过,不止一个人在河边
看落花随流水,枯草任风吹
我只是怜悯没有太阳晾晒冬衣的人

冬天往河里扔石头，水花特别冷
河的对岸万家灯火，没等我的人
人间如进大山必置自身如微尘
只是你习惯了仰望拒绝登顶山峰

这里我来过，孤坟边的苦楝树还在
相守的石头坐暖又凉，终是没了痕迹
暮色无云总是黑得太快
光明隔着一把火的距离
孤单不再期待一场没有故事的夜雨
我想唤回的无非是不想收拾的灵魂

行走的忧伤

如风般的思绪让它随风飘走
远方有人在呼唤
既然守候那永远不变的信念
请也将我的心带走
去感受世间一切沧桑
净空那世俗的尘缘

读我文字的人
不懂什么人让我如此深情
不懂什么际遇让我如此郁结
是我把自己置身世外
立于红尘却疏于红尘
连脆弱都不露痕迹

而我自己
知道彩霞满天是我澎湃的感动
知道残阳泣血是我忧伤的画面
只是我习惯了美美地凝望

当夜色无情地遮掩了一切
我也不曾忘却那绚丽的过往
浓情沾染了尘埃
一抹荒凉至天际
岁月的足迹为谁经历了淡淡的伤
看似柔美的真情散落一地
叫我如何拾得起这份零碎
风散了的心再也收不回

额尔古纳

空旷让我觉得自己太渺小
本想用苍茫一词绘就这虚空之地
偏遇风沙不作,细风携针掠地
天蓝容易想起云朵
我向云儿诉说了千种心事
没有留下一个恰当的词语

深秋不宜看长空,不宜看落日
挂在天边的黑山头虚构一场偶遇
枯草无情,草垛堆积过去太多情怀
夕阳无限,都是稍纵即逝的火花
月下不宜对酒当歌,怕惊醒花前的允诺

跑马无战事,路会更遥远
你看马背上的姑娘,风沙侵污了裙子
旅游大巴车上的妹子正用胭脂补粉指甲

莫尔格勒河

飘再多的白云,还是藏不住秋天
西风慈悲,霜降之前让枯草隐去沉重

无万山倒映,无候鸟栖息
莫尔格勒河有蜿蜒的转角搁置心事

风停了下来思考落日的季节答案
古老的金帐汗部落一言不发

摆拍的姑娘无法聚焦定制的星轨
星星开始躲闪,我不敢在河岸多停留

打马归来,我想起了河流孕育的万物
纵情多深入,回家的路就有多远

醉长沙

梦未醒,披着昨夜阴冷的星辰
虚构千里外的长沙仍有热恋
心履着薄冰上高铁
雨带着真相捎去一身皮囊

黑茶不在黑夜,总欠一份执着
终比不上白酒在白天来得浓烈
战友的酒老,龙在胸中翻滚
情更老

读战书,读简牍,读无字之书
日月同辉的晴天来得突然
摩天轮上俯视,人间

千疮百孔

化龙池酒吧里面都是寂寞的养花人
太平老街只有古老的粮仓
我和着臭豆腐的香,吃老长沙米粉
看不到贾谊的抑郁

岳麓以山之名,我习惯了仰望
书院以岳麓命名,文气无价
我想写一种情感,只是门票太贵
天空太蓝,无云却让我神往
爱晚亭前同样的石头踩着不一样的心事
随手拾起红枫叶,却爱上了银杏的深黄

伟人面前几声朗诵,无法表达衷心
橘子洲头的身影渐长,湘江的水
从未有过的平静

雨中英西峰林

赵州桥不在赵州
仍叫赵州桥,只是多了个"小"字
桥下涌泉依然清晰地看到自己
壁立峰林依然顽强到绿意盎然
重游故地,物是人非
枯树上的蓝天早掉了下来
雨水打湿我的眼,沾湿了我的身

不敢登彭家祠,怕上九重天
瞰视的峰林千军万马
小布达拉宫毕竟是小
 "明义知方"还是记载不了历史
仙境别有洞天,江河千帆过尽

找不到曾经枝头那片云彩
映入眼帘的八角楼
梦里常见的影子
观音谷的光环穿越了时空
此时无风也无雨

想捡一块云石寺的旧青砖回去
因为砖比自己活得长，见证得多
但雨又下了起来，砖太沉太重
漂流在老虎谷注定不能停留
遍寻峰林外，雨朦胧雾茫茫
拥千种思念，没你在身旁

再游英西峰林

山还在,桥还在,峰林还在
千军万马的画面还在
云石寺的梵音还在
观音谷多了迂回的小道
只是没有雨,风走了,带着云
只是身旁,你依旧不在

不登彭家祠,又怕上九重天
不走小赵州桥,不入洞天仙境
不撑竹筏,不吃九龙的豆腐
不入老虎谷不漂流
不泡小华山的汤泉
不入住留恋的八角楼

重游英西峰林需要勇气
我怕惊扰我的梦

入冬的天气还不冷
入农家又何必眷恋美酒
憨厚的老农也值得尊敬
杀鸡宰鸭品美食也无须借口
荣休也好,荣升也罢
只是让漫长的夜增加一份欢乐
还是回去吧,走太远我怕迷路

醉 途

是昨晚的酒未醒
还是这一路太颠簸
又或是这痴情的老司机
从没放过每一个急转弯炫耀他的技术
让我一头撞入这石门的云里雾里
任凭胸腔翻滚着过去的无尽记忆
若不是昨天的冠军来得太突然
我怎会敞开了久闭了的心扉？
你不是喝酒的人
你怎知道我端起的杯杯心事？
喝下了串串的无尽思念
又怎会舍得吐出昨晚美好的情谊

山顶层林尽染南天池
原喜欢心中的一抹红，一缕绿
却被不期而至的雨冲击得七零八落
冬雨还捎带着寒意
让人忘了细细欣赏眼前如春的花海
固定了的钢琴，不动的风车
似乎少了些许韵味
若不是随行欢呼的伙伴
谁还愿意徜徉这湿湿的花丛

都说上山容易下山难
若不是刹车片发出刺鼻的气味
我似乎忘了心中的郁闷
只是沿途的美景，地道的美食
仍勾不起我午餐的食欲
还是吐出来吧
谁会在意一个醉汉潮湿的心事？
纵使头发是一根一根的
诗人又怎会强调包装
文学又何必非要分高低
何不为我再端来一碗酒
继续醉着我一生的梦

魅力湘西

——有一种爱叫等待

马桑树儿搭灯台
土家人不离不弃的绵绵情意
是心底流出的纯洁忠贞
是对选择的坚守
有一种爱叫不离不弃

沈从文的《边城》
古老湘西乡土人情的凝结
是翠翠情窦初开的朦胧
是碧溪边没有再响起的歌声
有一种爱是如此明净

娘陪着女儿坐在嫁床边
泪水流出了生活的滋味
唢呐里悲伤的哭调
是娘内心最深最细密的痛
有一种爱是心的呼唤

赶尸赶的不是尸是灵魂
是家人对亲人的无尽牵挂
等你在风的尽头
让时间凝成你的名字
有一种爱叫毕生等待

疆

万山之祖,万水之源,横空出世,莽昆仑
不入虎穴焉得虎子,不破楼兰终不回
在会议上谈论历史,讲根源,话题沉重
传统守旧和观念更新都是生活态度
文字与文化是武装戎马寄居诗意

我还是感到惶恐
一身防刺衣,一座战壕堡垒,风沙不停
如果这里来一场大雨,泥土暴动
谁说这是没有硝烟的战场

晨昏的时差令我无法睡去
我还要关心今早要抱我的稚童

舌头伸卷说不出三个字
如果爱情蒙面,谁在意你是谁
谁怜悯留在家中抽泣的人

所幸这里阳光充沛,无不至之地
这里的格桑花特别娇艳

南沙印象（组诗）

走南闯北

从广州最北走到最南不算走南闯北
只是早已不喜欢在车上侃侃而谈
何况我还要消遣昨晚的酒气
一路无言，我就一路昏睡
据说我错过了沿途许多美景
既然错过了，又怎算或怎知是美呢？
倒是梦里提前出现万顷沙的荷香
仿佛置我于伶仃岛里叹伶仃

瓜果长廊

驻足瓜果长廊我醒了睡意
舟横野渡，蓝天白云

与文人同游更有了诗意
长廊瓜果满挂,生意盎然
而瓜果只是随风老去
有一袭绿意,一阵果香萦绕着我
久久不能散去

长廊两边的小溪鱼游蟹爬
溪边翠草芬芳,再力花风姿绰约
长廊一头的犁耙、风谷机、打禾机
自然也成了一种展示
知天命的成哥
自以为只有他才用过的农事工具
却不知那是我曾经立志抛弃的苦活

湿地公园
没有藕的莲开出了美丽的花
富足的南沙人又怎会在乎
种植一定要收获果实
全身是宝的木芦苇指证了风的方向
在湖里生灭着自己的价值
芦苇荡里的野鸭游到湖面叫鸳鸯
成就了一个动听的名字

却不知抖落了多少人的多少心酸

红树林里须根随潮涨,不随潮退
永远地长出了水面
诱人的无瓣海桑用绝色的美
引海鸟来栖息,树中筑巢成家
花语为远观的海杧果花,美丽动人
可又有几人知道这是断肠的毒药?

一群白鹭悠哉地站在湿地
满足地唱着没人听懂的歌谣
众绿丛中一个个白的斑点
是五线谱的音符
来回的燕子,叽叽喳喳
不知道是不是旧时王谢堂前燕
终是没有飞入寻常百姓家
不知有谁会在意这动人的旋律?
不知又有谁还会在这片滩涂、水乡
记起疍家的歌谣?

百万葵园
没有百万数向日葵的百万葵园

向东向南向西向北
向日葵红黄蓝绿紫，五颜六色
百万葵园也不只有向日葵
还有绿竹、薰衣草、玫瑰
和遍地的夸张卡通塑像与图片
像一头撞入了儿童乐园
以为遍地葵花，自然带着深深的失望
园内厅里的白马不是马
白马旁边的王子也不是王子
而我
与诗人在一起又何必一定是诗人？

天后宫
二上天后宫只是导游的一个误会
我问沈鱼二进宫是形容什么的
沈鱼答曰：只为把诚意带到
我们焚香许愿，也是一种诚意传递
拾级而上，先击鼓后鸣钟
随行沈鱼、张娟称钟鼓齐鸣
必定涛浪让路，声名远播
而我再上天后宫只为打发多余的时间
目睹镇远炮台只是恰巧的偶遇

远眺珠江口却是意外收获
站在与天后娘娘同样的高度
看到不一样的存在,心愿应是一致的

夜饮
天之蓝海之蓝在晚上
是酒,是醉在心里的风景
橙汁或烈酒喝的都是昨晚的情怀
吐的是沈鱼偏头痛写的生活粗糙的诗
每个人都不能独善其身
每个人都在释放孤寂,各怀心事
罗阳一句师父道出了多少谦虚
何必大醉
何必认真

埔上行（组诗）

萝岗香雪

萝岗的雪与怒放的梅恰似相等
这里需要一场灿烂的严寒
风雨可以抚润大地，阳光有点不合时宜
踏雪寻梅，寒冷无法悲凉
热情尚未用尽，温暖会毁掉傲骨
留香扑鼻或淌过心间，都是刹那的情怀
梅花三弄缠绵悱恻，不似人间

梅的虬枝与石韵总能彰显劲道
可石趣园没有石头，冬天没有枯草
人工的春色也无山野之趣
水中红杉的暖冬秋韵只会紊乱季节

我不敢靠近弯曲无序、略带荆棘的梅枝
更不敢折下空枝，唯恐留下虚无

慵懒的人坐在梅花下晒太阳
没人认识青梅、绿萼、朱砂梅、宫粉
更没有人考虑梅花的感受
我也忘了萝岗的梅是虚构的香雪
风拽花舞，叶落翩翩，鸟声正好
广播《自由飞翔》的声音太大
无法掩盖幸福的欢声笑语

把生活过成梅花下晒太阳的安逸
走后没有留下印象中的果皮纸屑
使我不再厌倦人群
梅下少女衣袂裙摆，恰似梦中梅仙
同一场素白，花下在温暖的心田

黄埔军校

凝固的是历史，只是无法再现
将帅荟萃让我肃然起敬
戎马在峥嵘岁月，敢让山河换了天地
指挥的人间国泰民安，情怀太大我无以言表

连与画像合照也怕拍下我的小

我试图寻找伟大的痕迹,看英才如何出发
黑白的伟人像色彩太浓,我无处着墨
冰冷的器皿令我无法读懂沸腾的热血
纸上的历史片言只字,少了现实的精彩
唯有攥紧门票,怕丢了手中幸福

登高望远不须立马定中原
革命尚未成功是漫长的口号
能文能武不是珠江口的风言浪语
文韬武略不是黄埔军校的神话
怕有亡国之恨,精忠报国自是人间真理

空房总让人感到空虚
蓦然回首
心中已有了每个人的黄埔军校

天空之桥

天很蓝，海很蓝
马来西亚的海水很清
崇洋媚外的同伴赞不绝口
我也无意争辩是非因果
待在天堂岛，在海的包围中
想着金庸的快意江湖

索道而上天空之桥
不为通道的桥，因高闻名
鸟瞰兰卡威，四面环海
也许是海水太清
也许是天空之桥如空中楼阁
我竟找不到一点惊喜

桥上顽皮的劣猴被众人戏弄
噬伤了同伴，抓伤了表皮
悠悠的箫声响起
哀怨了山谷，忧伤了某人内心
桥上山顶遍挂同心锁
想拴住一个人

有一种悠闲叫彭镇老茶馆

百年老茶馆,洒进秋阳
岁月打磨的老虎灶煮开了杨柳河水
泡一盏清茶
把光阴坐老,把年华虚度

有了观音的庇佑
泥巴地上的千脚泥,阅尽不老传说

一把竹靠椅,一碗盖碗茶
漫不经心抽着叶子烟的茶客
历史用说唱摆成龙门阵
忽而亮嗓"冲壳子"
踩实了岁月,记载了沧桑

老茶倌昏睡，无牵无挂
凝固的时光，无风无雨
有一种悠闲叫彭镇老茶馆

彩云之南

云压得老低了,紧抱山头
一棵树梢上宿着

恰是因为风儿累
云儿也就伤感了
是你湿润双眼看到山的层次
是我看到树的色彩更加绚丽
唯独
那风儿悄然沉默了响声

云在弹动着棉花
而掉落山涧的棉絮啊
轻飘飘地随风逸动

幻变出更多的形状
沉淀那更纯净的白

说好不会停
我陪伴着云去更高的苍穹
你不应只点缀高山

那心中一片蓝啊
一籁心，只为你是云

荷湖雅韵
——云南行之普者黑

一幅山水相连的美画,山、水、村庄
凝固成童话,浓淡相适,让人忘记时间
荷香溢湖的仙境,荷花、湖水、游船
结合成梦幻,动静皆宜,让人洗尽尘染

荡起轻快的船桨
驶向无尽的心湖
如鲫游船惊醒了美梦的睡莲
侵扰的不仅是平静的湖面

每次相遇的船只,疯狂地泼水
湿透了全身,也激活了每寸肌肤

与其说泼出去的是水,不如说扔掉的是愁绪
拾起的却是童年无尽的回忆

人生的每一次邂逅
总不会风平浪静
哪怕在这万亩荷湖
需要的是在这经历后的成长

请留心中一份宁静

——云南行之世外桃源(坝美)

踏着陶渊明的足迹,蹚着凉凉的溪流
穿过黑黑的溶洞,豁然开朗于如画仙境

抛却跋涉的累,静赏安静的山
柔和的风吹不散袅袅炊烟
飘逸的云静静地停靠在山头

轻轻踏入清清的河水中
我怕惊扰那自由的鱼儿
慢慢穿梭于弯弯小路
疏影横斜却有暗香盈袖

鸟儿唱响归巢的音乐
牛群踏响归家的驼铃
泣血的夕阳拉长了宁静的村庄
这是一幅多么美的画卷

贪婪的商家请停止你的脚步
安逸的坝美不需要烦嚣
固守一份宁静
留我一世安然

心灵出走

没有一个地方可以安放一颗骚动的心
背上简单的行囊是那么义无反顾
来一场说走就走的旅行
那是灵魂的放逐,心灵的出走
让柔软的心绪遗落在有你的阡陌

出走并非流浪
远行是为了贴近自己的内心
沉淀最原始的状态
显露最本真的快乐
也想浏览自己内心真正的风景
印证自己是否真的想回来

我不想让你知道我的苦
和无眠的夜
于是我独自踏上行程
敞开久闭的心扉
晾晒潮湿的心房
不再撕扯纠结
去寻找迷失的自我

给我一个回眸

——致将远行可可西里无人区的驴友

如果你执意踏上征途
请给我一个回眸
用淡定的优雅,浅浅的微笑
温暖着我牵挂的心

无人区天上闪烁的星星,那是我望穿的双眼
月亮洒满地上的银光,那是我对你的祝福
当你随着戚戚的秋风
穿越千山万水,请给我一个回眸
让我解读你的温柔缠绵,随你追梦天涯

当你寂寞的灵魂

无法抒发那不能言表的凝重

孤独的心迷失了方向

请给我一个回眸

让艰难跋涉的步履走进我期盼的美好与梦想

远方的你将牵引着我无边的相思与挂念

此刻

我只想轻轻告诉你

你走的路有多长

思念就有多长

从独处想到孤独

在日出之前,我要收拾柔和的灯光
泛白的月光,还有启晨的红光
我还要赶往孤独的阿尔山
用杜鹃湖的水浇透遍野的映山红
用天池的水洗净我独处的伤害
用乌苏浪子湖的水涤荡我回头的心事

深蓝广布,云朵挂不住山边
碎一地金黄是风染的颜色
草木枯萎,山水孤寂
远离故乡皆为过客,我无法寄情山色
鸟踪灭,大地冬眠
天池是人间一滴泪,未免孤独

哈拉哈河源头已是水流湍急
将兄弟树扛住的情谊冲刷得七零八落
夕阳虽美,只证明我来过
我又何必在意同座的眼神
劣酒无味何必再饮
我也无法借此宿醉
尽兴而归,人间仍可有所留恋

行走摩洛哥

卡萨布兰卡的歌声矫情
因为一首歌长途跋涉探访一座城
不在乎虚线或实线的交通
踩不住刹车的节奏,遇上交警荷枪实弹
用凶恶的眼神杀掉所有信仰
无法看清三百迪拉姆的罚单文字

临海的寺,世界都成悬崖或人间的孤岛
却能抵达内心,收住漂流的灵魂
海浪拍打哈桑二世清真寺
不敢打扰虔诚祷告的圣灵

夕阳留给一只感化了的流浪猫

伸的懒腰、打的哈欠都是思想
忘了白天的蓝
忘了晚上的冷
都在探讨凭实力单身

没有烟抽的日子,星星明亮
没有酒精的语言,无法交代疲惫的心事
音乐响起,才记起这座老城歌唱的爱情

撒哈拉沙漠

有形、有血、有肉,或有骨、有气、有魂
那描述诗歌的词不宜形容深交的友谊
或逝去的爱情
本想逃离阳光的刺痛,撒欢撒哈拉
又跌入沙漠的蒸腾,惊乍语言的交流
只有把昂贵的代价吞入心中

在沙漠走路总是深一脚浅一脚
夕阳是留给沙漠的最后一道光明
骆驼的背影与人声隐于沙丘
浩瀚孤烟忘了落日孤圆
无心留恋烧红的最后一朵云彩

万家灯火与满天繁星都是信仰的追求
鼓声惊动的日月星辰
不如相机定制的星轨
都是置自身于渺小

还想宿醉逗留
沙漠残睡不消失落的情怀
何况偷饮的酒,无法种下思念的感觉
不必嘲笑坐在驼背上的游人
其实都是相向而行的路人甲

有人专注落日的颜色
有人倾心戈壁的风声
我只是尘世的一粒细沙,或是尘埃
阳光努力留下的热情
只是旁人一笑置之的无足轻重
何必非要来沙漠埋藏心事

行走色达

都说蜀道难,转山转水转佛塔
不为修来生,只为途中与你相见

翻山越岭,以安静的姿态行走
只为看一眼漫山遍野的一抹红
寻找一个佛国的答案

停留刹那,看一场震撼心灵的葬礼
鹫鹰就在眼前
孤独的灵魂找不到鹫鹰的天路
听见自己内心的声音

所有的行走都是心的修持

心路选唯一了
路也就宽了

黄姚古镇

山前人群熙攘,青砖石巷摆满人间烟火
摆摊的人始终面带微笑,像生活从来未曾辜负他
小桥流水,伴先生风烟杖屦
吴家的祠堂,郭家的大院
新的古服,旧的南墙,摆拍的浅笑
石拱桥是古桥新艺还是新桥古韵
都隐入生活的烟尘

从一条巷道到另一条巷道
要有雨水敲打青砖方可沉寂吆喝的叫卖
路过南蛇出洞,惊呼天造地设
往前又有龙出东海,白云有想象的天空
穿越鲤鱼街,走回头路才发现鲤鱼石

要用新试的醇酒压住昨夜的心事
有多少走过石巷的爱情
回头发现是追忆的旧事

辑二 王子山下

王子峰恋

你,还是那座山
一张熟悉的脸,是我
不用千言万语赞美你
那就让醉倒的几行文字去歌唱吧
你,还是那座山
地道的王子山人,是我
才发现
如今文字竟是那么苍白无力
那是一次次靠近你时眼神的神秘
恋上你的传说,让多少人读千万年

你,还是那座山
伟岸与坚强早已成为你的翅膀

飞下一串串瀑布让人依恋
你，还是那座山
而你——是秀美的
那是你挥手时的随意
让一条条小溪也涓涓而流
你是委婉的
那是你矗立时的峰峦
让一座座山脉连绵不断

你，还是那座山
自信与活跃装点着你的青春
你就是沉默的巨人
林海松涛时刻在彰显你的无穷力量
你，就是一幅娟秀的画卷
峰峦崖壁，淡妆浓抹总相宜
山谷林间
浩渺空远
伴随日月风雨绘就了我的激情

你，还是那座山
靠近或离开也不曾有一丝改变
更不会带走我身上的尘埃

你,还是那座山
虽无言,但并非无声
碧水蓝天
也许就是桃源
而你总是沉稳的
那是你岿然的神韵
连刚毅的决心都在默化

你,还是那座山
山不过来,我过去

风

奶奶说
削尖王子山的是带刀的风
而她,在风里活了一辈子

奶奶又说
乡下的门缝太长
关不住越过王子山的风
穿门而进的风不能躲
越躲风越锋利

奶奶还说
王子山的风是直的
有时候像一把标尺

穿过树林就再也回不来了
风吹进身体里,人就老了

而今,奶奶已不在了
风还在继续吹

水

连绵八百里河山,老成渡口
惊涛飞泻千里,震荡了乾坤
带着向东的执着
一次一次从波谷涌向浪尖
纳百川,冲刷万顷沙
皱了水波中的容颜
终不能成为主流,只记历史一段
流过了沧海桑田,也曾万家灯火

王子山的水沉淀了太多恩怨
透明干净得像天上的云
让人一眼就能看到最深处
缩了的河床,浅了的水滩

只会让鱼虾被困,冲不出大海
时而咆哮的水声
湍流太急,忘了回来的路
我听不见它的呼喊

掬在指缝间的甜美与柔软
不再浇灌的田园,触及内心的失落
水怀着一棵树的梦想
我看不见风穿过树林
时间给石头留下了不可磨灭的印痕
延伸的姓氏,流传着千古的传说
也裸露了藏在大山里的小
疏影摇曳,纵古穿今
记载着花开花落

老电影

喜欢收割晚造的稻田
喜欢稻田冒烟的禾秆味道
喜欢王子山下白色的晒谷坪
喜欢灯火通明淡去清冷的月色
喜欢谷仓墙挂起白色的幕布
喜欢电线杆上的左右大喇叭
喜欢队长吹响集合的哨子
喜欢高低依次排坐等在开幕前
喜欢夹着烟味汗味的家长里短
喜欢幕布里演绎的剧情、演奏的音乐
喜欢放映的内容成为山村很久的话题
喜欢依依不舍结束幕布里的故事
喜欢默默无闻表演幕布外的人生

柿子树

没有随老屋的墙倒下
柿子树使劲地长出墙头
为了看见远方

倒下的老屋不见了大门
门庭若市是最直白的讽刺
我也找不到
曾经那条熟悉的回家路

秋天把成熟给了季节
柿子树尘叶落尽,结一树通红
飞鸟走漏了风声
立满无叶枝头,演绎一树繁华

掉一地的柿子任由蚂蚁撕咬
或腐烂肉身在地上,只剩种核
过了严冬,来年的春天
会在杂草丛生中生根发芽

登王子山

沿溪边拾级而上
走了无数次的这条路
已经忘了为什么而走
听水流，听鸟鸣
还有听自己的心跳
走得越快听得越清

阳光透过树林
绿色总能让人心平气和
抬头是晴朗的蓝天
以为看的是美景
却看到的是更渺小的自己
走得越远看得越清

都说上山容易下山难
山下农家乐丰富的午餐
老屋散发着浓郁乡土气息
还是熟悉的味道
以为品的是佳肴
原来是深深的乡愁

一呼一吸的张弛
是前行有节奏的脚步
丰富的负离子清醒的是头脑
越发思考了很多不想解决的问题
以为登上山顶是终极目标
却顿悟过程才是最重要

王子山茶

采摘生命的一缕绿
生怕惊醒了那份娇嫩
不想弄丢每一滴雨露
装进镂空的箩筐
疏漏掉红尘的沾染

软化每一片叶子
融合在缤纷大千世界
卷藏那份天然的清香
萎凋所有水分
用力揉捻一切苦涩

杀青江湖远,发酵沉心念

每一道工艺都是醇醇的匠心
是对茶的坚持和执着
参悟周遭无怨无恨
平复几多愁闷恼人事

泡饮从来不可以将就
端坐煮沸生活的一切苦
氤氲壶口袅袅升腾所有暖
细细品是茶道
慢慢尝是人生

烟 霞

我试图掀开你轻纱
又觉朦胧是一种境界
雾根本锁不住你的静美
是我迷幻了眼神
让你沾染了纤尘

我曾想走出你的枷锁
去创造属于自己的梦想
却始终走不出你的影子
是我迷恋你的持重
让你压碎了我的梦

我终于回到你的怀抱

拂去迷雾是你婀娜的身姿
披上美丽的云霞
我认出来是原来的你
满山的鲜花开遍了深秋

老　屋

里屋墙上的窟窿太大
插不稳火把的竹枝
只是熏黑的墙面
说文明来了

外墙斑驳的印痕
记录了流逝的岁月
只是再来的风霜
说轮回不止

内堂茂盛的荒草
淹没了过去的繁华
只是不倦的蝉鸣

说坚守不停

青砖,瓦片
是王子山下的老屋
是游子追梦的根
是血浓于水的情

秋　月

走在王子山下的小村庄
踩着如水的月光
走进清秋的凉夜里
任秋虫的呢喃划破安静的星空
一路行走一路从容

稻田里留下了一茬茬水稻的根
还有一排排老农扎起的稻草人
用影子与月亮谈一场短暂的恋爱
也许是在诉说着收获的喜悦
却找不到一份属于自己的心情

晒谷坪边清清的小溪

把月亮牵进了池塘
快乐的鱼儿没有与它做伴
那开成无色的荷叶
也把莲藕埋藏在淤泥深处
是想把最真的深情藏在心底吧

只有岿然的王子山
在银光下站成了孤独
无声陪伴明月穿越了千年
诉说着那串串感人的故事
让踏过的岁月找到回家的路

乡　愁

那轮皎洁的明月
总挂在没锁的旧门老屋前
那棵冬天没叶子的果树上
没有变更过任何位置
哪怕树干已经长粗了

那彩霞满天的夕阳
总把老屋的影子拉长
拉长到屋后芭蕉树就天黑了
没有变更过任何时间
哪怕芭蕉已长茂密了

那田里烧着稻秆的味道

还有秧地浓郁的泥土气味
没有变更深深的回忆
依然蛙声一片的池塘
那眼永不枯竭的清泉

少了稻田勤劳的忙碌身影
也不见暮色归家的开心牧童
多了长满杂草的山间小路
还有淡淡的忧伤
那是浓浓的乡愁

油菜花

是谁洒这一地金黄
在这阳春三月
油菜花开着灿烂的笑容
烟雨朦胧了记忆

是谁绿这一片娇柔
在这阳春三月
雨露滋润着勃勃的生机
新芽抽出了印象

是谁踩这一陌田埂
在这阳春三月
和风吹着欢乐的韵律

足迹模糊了经历

是谁采这一畦花香
在这阳春三月
蜜蜂酝酿着甜蜜的生活
芬芳洋溢着幸福

是谁唤醒沉睡的大地
在这阳春三月
泥土吸吮着甘甜的乳汁
辛勤的农民播种了希望

古 祠

我要拾起这百年古祠的古木
去做一把琴
它在坍塌的残垣败瓦下
依然枯而不朽
琴音定能响彻山谷

我要拾起这百年古祠的檐角
去刻画一幅历史悠久的画
它在无情的岁月洗礼下
依然色彩斑斓
画图定能道尽繁华

我要拾起这百年古祠的青砖

去筑起一座心中坚实的长城
它在废弃的瓦砾重压下
依然完整无缺
长城定能道尽沧桑

我要拾起这百年古祠的梦想
去创作王子山的故事
它在前行的孤独心中
依然坚定不移
梦想定能诉说历史

写一个春天

写一个春天,乙亥年四月第五日
忽略雾气升腾、雨水纷纷
想写樱花,发现桃花正盛,玫瑰如期灿烂
取玫瑰赠人,手留余香
折桃枝插于门楣,鬼神不入
还是给清明鸟一个节奏吧
不是主场,不是主角,不是主旋律
在明朗的春天唱着悲伤反调

春风拂面,草长莺飞,鸟语花香
春光在遣词造句,逃离心痛的表情
气息败露在墓前的无名小花
不因娇俏而多活一天

不限年龄，不限身高，不限性别
与野草一并被扫墓人铲除

扫墓的人绝不止一种观念
也不仅表达悲伤观点
笑声、歌声绝不是祭奠的痕迹
只是顺着思路给季节署上氛围
不必在乎别人的想法、自己的状态
也不必驾驭别人的情绪
点一支香、斟一杯酒都成了生活的断句
墓中幽灵如果是心魔
都是随遇而安的不可为之

写一个春天，遇村落荒芜，门掩芳春
梨花带雨，描述的野花自带圣光
一个玩物一个图腾
都成炫技的经营，语言的游戏
用具象的口语无法叙事
悟道的菩提写不出故事
只是突显离别的心境

我站在山顶高呼

过了霜降，绿色衰，百花灭，人声鸟声绝
王子山爱过的人间万物开始凋零
山下矮屋低檐，辜负了所有回乡的人
炊烟无力，纵使衣着光鲜，还是不好抬头
我还不敢大声说话
怕惊扰冬眠在老屋的荒芜

登上山顶，踩着云端的风景
疾风如尖刀，直刺胸膛，更迷离我的双眼
临渊远眺，我看见儿时的山村，儿时的人
还有儿时的自己，比想象渺小
我呐喊，站在山顶高呼，撕心裂肺
回音夹杂着风声，其实只有风声

在此之前,我无话可说
我遗忘了在半山拾起的红叶
放弃山涧的一股清流
丢失隐在人群的笑声
一个人疲惫怜悯落霞山色
怀抱理想或与预设的宿命毫不相干
还要把体力浪费在无所事事的下山途中
悲伤无以言表,我在等同道的人
虚设一场雨,或更能渗透冬天的凉

五月离年轻更近一点

五月离年轻近一点,一遇炎热就苍老
汗水仿似溢出的灵魂,总在虚无中打转
线条只是有思想的人的努力追求
我经过一片草地时总留恋峰峦的壮阔
只是风把我送到比尘埃还低的地方
你习惯仰望的眼神忽略了小草的坚强
庭前的花香只是我人生的告诫

从一座城市到另一座城市
习惯枕着雨打芭蕉的声音入睡
缓缓走过书中描述的场景,无法入梦
黄鹂无法在野百合中得到满足
鸣叫只是不再回头照顾的情怀

香气只是可有可无的点缀品
无人在乎那不可捡拾的一片狼藉

热情消逝太快会让人产生距离
浓妆艳抹总比雪藏的冰鲜更世俗
悲伤的怒吼无法叫出呻吟
我还要顾及天上有没有云朵
毕竟月亮是有光彩的,尽管不圆
谁能在真实的梦境中进出自由

我不知道

我不知道你有多大勇气
嫁到王子山下穷乡僻壤的山旮旯
嫁给一个一穷二白的文弱书生

我不知道你有多大力气,可以
扛起百多斤的竹子在山间健步行走
挑着百多斤的稻谷在田间穿梭自如

我不知道你有多大的底气
一个人耕八亩地时,只平静对父亲
说:你专心教书,村里的小孩需要你

我不知道你有多大的胆色

男人都不敢一个人在晚上走过的乱葬岗
你从容走过,还告诉我们心里没鬼天地宽

我不知道你有多阔气
在严寒的春节,把仅有的一身新衣服
给了素不相识的路过村里的乞丐

我不知道你有多秀气
一手好针线,缝补的何止是全村的旧衣服
千针万线缝补了王子山下的苦日子

我知道你是我王子山下的乡愁
乡愁里幸福的家
只是身份证上再也找不到对应的门牌号

母　亲

那时候村庄的路还是泥泞路
你用未曾老去的矫健身躯
深一脚浅一脚地在坚强中走来
用善良的品质装满行囊

那时候村庄的电还没有通
你用未曾老花的眼睛
一针一线地缝补着旧衣裳
把岁月缝补在点点滴滴的日子里

那时候村庄还没通有线电视
你用最温柔的声音
细细讲述那动人的故事

用朴素的语言告诫我要做正直的人

那时候村里没通电话更没有手机
你用微颤粗糙的手
一笔一画地写着歪歪斜斜的家书
用坚定的信念点亮我前行的明灯

可那些老去的旧时光
走过的风风雨雨
凝住你那黝黑深邃的眼眸
镌刻在脸上的皱纹
已经滋养我长大
你眼中的希望
已经慢慢倾入了我的灵魂

你把风霜写在白发里
你把叮嘱吞进肚子里
你把答案扬进了风里
你是给我生命的人
你是给我灵魂的人
你是最可爱的人
你是我的
母亲！

父 亲

不敢看你的背影
怕你弯曲的身躯
驮不起下坠的夕阳
却时刻流淌劳动的汗水
父亲是个农民

不敢看你的白发
怕你脸上的沟壑
写不下历史的沧桑
却无时不流露岁月的印痕
知道你是农民的儿子

不敢闻你的烟味

怕你指间的熏黄
燃烧不了青春的激情
却诉说你渐老的情怀
让我不敢传承你的传说

不敢读你的思想
怕你如山的岿然太过厚重
悟不透你几经风霜
却传承坚定的信念
恍悟你是大山的儿子

大约在冬季

山城的深秋有点冷
风已经不再温柔
吹落最后一片红枫叶
树也焐不热季节渐远的情怀
山还在守望着岁月的孤独

分离原是无可避免的结果
只是在这略带忧伤的季节
注定了一路的愁绪
你也不会为我带来一丝牵挂
我只有深藏着时间的疼痛

雨总像不期而至的幽灵

从来不是可有可无的点缀品
而且只要有雨就会有厚云
虽驱散了笼罩的雾霾
但与心泪齐下的都是离伤

落叶化为泥土时
又是一年之计在于春
云从来不问归期
吹散云烟的风知道
大约在冬季

回家过年

南方的冷很冷
喜庆的灯笼挂红了天
也红了城中楼宇的眼
凛冽的寒风伴着雨
守住严寒的梅花
无法描绘这撩人的春色

隔壁老王的头蜡得很亮
他做的饺子没有北方的馅
锣鼓喧天的南狮开始得早
却从来不进老王家
他家小狗静静地趴着
已经闻不到鞭炮的火药味

哼着回家过年的歌谣

焦急的归途没有日落
拥挤的列车也看不到日出
为踏足魂牵梦萦的土地
见到日夜思念的亲人
用流年散失的青春
赴约一场久别重逢的相聚

春节难为节
年关总是关

记忆里的追梦人（组诗）

民办老师

大山的阳光不足，稻田里的水冰凉
穷困早已掏空这里的一切，风只吹着风
在脖子挂哨子与在肩上压扁担都是生活
在黑板上写字比在田头驶牛赚取工分少
毕竟犁田是解决温饱的第一生产力

那时候祠堂的黑板是墙，谷仓的黑板是板
你说黑板上的白点是星星
在黑板上写字看到的星星是希望
可以填充空洞的眼神
可以打开孩子们未来的门

哨子响起靠拢的信号,奋进的思想
用竹子做成的教鞭,鞭挞的是未来的梦
孩子们在八面来风的谷仓呼唤,读书声挂在树上
传到山沟里,山冈孕育出鲜红的花蕊
这里出了第一个大学生,那时候
父亲是个农民,又是民办老师

生产队长

西边的旱田要组织筑渠,引水灌溉
祠堂、谷仓、晒谷坪要找人修补
南边的机耕路要拓宽、平整
北边的自留地要动员疏林
在晚上,你的哨子一响
村民都往晒谷坪聚集,这时候
父亲是生产队长

你的岁月是中国红,雄心如夕阳包裹
落在很远的山坡高处,幻化成一座红色的火山
让整个村庄熊熊地燃烧
梦想照进现实,你身后长出一片红色的树林
峥嵘岁月,你硬向风雨留下价值

你像是从稻田走向晒场的歌手
与河水低唱,唱遍辛勤红色
从遥远的山边到苍老的稻田地,都留下你的足迹
在地里流尽了汗,流尽了泪,风掠过温柔
路宽了,村美了,人富了
——村庄的从容优雅,被书写进历史

养蜂人

走山访水,追花采蜜
养千万兵马穿梭于花丛间,修改人间苦甜
颐养天年的岁数,还在打捞甘甜的日子
不停迁徙,守住每一个初晴花季
逐花而居,酿造生活的甜蜜

喜欢看你在夕阳下,检阅蜜蜂的舞蹈
欣赏蜜蜂飞翔的轰鸣交响乐
表情早就定格成为立体的风霜
脸上的沟壑,从不认领村庄的悲伤
那流传的颂歌,从田地里长出
魂牵山野

无法描述你追梦的脚步

蜜蜂用毕生的忙碌

来追求一朵花

你用毕生的忙碌

来追求一个梦

我一直认为蜂蜜是最甜的食物

甜在我心里,也甜在父亲的心里

守 望

带着岁月的恬淡与感悟
安寂在清宁一隅将往事默默温习
古塔青灯下,举杯向明月邀约
守一朵云聚又散,将半亩清风写入诗行

带着昨天的怀旧与思念
搁浅在遗忘的角落把孤独悄悄埋葬
彩霞满天里,抬头向落日记取断章
守一朵花开又落,把最后一缕念想凉薄在眼里

带着时光的素笺与画笔
沐浴在晨钟暮鼓勾勒此生不眠的画卷
蘸墨馨香中,唤醒留白了许久的心情

守一颗静心出尘,一抹浅笑让时间停止

守着简单平和,修一份禅意在心
守住自己

辑三 梦叙云心

梦叙云心

谁让你在十月洒下漫山金黄
染下那片思念到天际的山色
那是恍如期许的梦
令我恋念的竟是如此深沉

谁让你在十月沸腾漫天云彩
抚过那刻深涧到天涯的峡影
那是刻骨铭心的叙
令我游走的竟是寻梦武功

谁让你在十月写意醉人画卷
泼墨那眸情深到苍老的松涛
那是栖息天上的云

令我沉静的竟是异城山乡

谁让你在十月吹起阵阵寒风
冰冷那时陌生到牵手的拥抱
那是躲避黑夜的心
令我记忆的竟是金色武功

没法忘却云的笑容
再次唤醒依偎的身影
我,在一座山上行走!

花时间

换一杯酒与换一种情怀都是醉上心头
总在人多时沉默寡言,一个人时思绪万千
无趣的表达与刻意的传情只是文字的技艺
我何必在意畅聊的对象与影响的灵魂
有时在无边际的思考中停留
有时在执意间涉水前行
冬天的寒意只给清劲的北风
黑夜的孤独源于忧伤的音乐
我只想在迷茫的路口找到方向

在钢丝上跳舞容易坠入深渊
在梦中的大道行走容易迷失方向
摘下头上的光辉成就美好万物

用疯狂的行为成就人间苦难
云过了,我想起风,想出世,想来生
想起吹过风霜的花朵无法灿烂
借风书写,我忽略了荼蘼花开的香味
正如强把乡音植入,我无法高歌

不吐骨头的异兽与黑暗的一束光
都是花香满园里孤独的种花人
为苦楝树花加一个刑期,假借惜花的名义
只是家乡河流延伸的乡愁,一去不返
最后成为寄居人间的花间词

芝兰帖

以君子的名义,可以温和有礼
不争艳,故不必在意你的颜色
也能谦谦于有形,可入画

隐藏的爱,必须隐藏得再深一些
其高远而不易攀及,望之俨然
即之也温,却没有词语入诗

默默绽放,不苛求有人来赏
尽吐芬芳,生于庭阶不妄动
不染尘,不以无人而不芳

入芝兰之室与入鲍鱼之肆没有分别
只是时间久了才会习惯你的味道

十 年

三月赏花,七月读雨,十月听风
五月的云挂不住四月的山冈
十一月的月亮值得羡慕
牵不来八月十五的月光
可以不劈柴喂马
可以在虚无中无所事事
还是回不去曾经
用十年走出大山
十年生活的记忆还是风的影子
再用十年也回不去大山

一片落叶体恤根的情意
一个游子挂念老屋的情怀

跌跌撞撞走过锈迹斑斑的日子
风风雨雨走过泪流满面的岁月
用多少个十年收拾浮云与流水
还有多少个十年掩埋恍惚和怅惘
十年太长
我唯有过好此刻

对 话

沈鱼两个字太大
你的电动车太小,坐上你我
路总在摇摆,就像我写诗的方向飘忽不定
好在依然来到熟悉的路旁
好在水池依然没有水,好让你我席地而坐
不愿让你离开,何必老看手表
夜怎么能成为分离的借口

星星听见我们的对话
夏天的风有点潮湿
我们又何必只谈眼前景致
把上衣都脱了,从疯子对诗歌的执着开始
你说一切皆可入诗

把喜怒笑骂入诗,把爱恨情仇入诗
怎么写不重要,重要的是写什么

你说以理服人不如以情感人
有情有理自然可属上品
可表达恰恰是文字的技法
有虚有实方显诗歌张力
一首能够感动人的诗
又何必一定要蕴含哲理呢

你说写诗是有招数的
但在诗歌的江湖
从来都是无招胜有招
只是诗歌击中的人的要害
从来都是最柔软的

如果夜是无眠的
我会谨记今晚风来过

清明帖

三月,在本该雨纷纷的季节
偏偏晴空万里
杜鹃的布谷声在无云的天空传得更远
池塘的蛙鸣也来凑个热闹
没有泥泞路,行人的脚步更匆匆
我也不再迷恋沿河两岸的春色
只是无须灌溉的田园
荒芜得让人心痛

清明,点香烧纸
是杏花村的酒太冰冷
还是祭祀的欢歌笑语声太大
出卖了这份文明进化的刻薄

就连跪拜的膝盖也沾不上泥土
注定洗不去坟茔的寂寥

或许是过去的哀伤印刻得太深
墓碑的文字很清晰
反而看不清过去,更看不清未来
墓志铭记下的何止是岁月
坟墓埋葬的又何止是一堆白骨
只是用一座旧坟维系乡情的这个宗族
血脉亲情早已经支离破碎

我坚信五月的云是雨后的彩虹

我独坐阳台,对面湖光山色,烟雨凄迷
春天匆忙,无暇写生一片嫩绿
一场大雨,碧水绕弯,河流泥沙俱下
浑浊与清流各占一半
两只鸭子把上游的喧嚣沉入江底
无意暴露人间的温度

浮出水面的是昨天盛放的花朵
落花随流水不必掩埋,也忽略了香气
在最灿烂的时候结束,是一生的荣幸
继续绽放就要经历枯萎凋零
何必缠绵尘世的喜怒哀乐
停驻的小鸟声音再灵也是祭花的挽歌

多云的傍晚没有夕阳，寄情暮色我心生怜悯
有雨落花我惋惜，烟云虽美，很快消散于山间
桥上脚步再慢皆为过客，终究会离开
我也不必纠缠于爱恨情仇
纸上迷途与纸上归宿都是孤独的人
风起云涌与山水寂寥都是虚构的风景
有时翻滚的波浪带着平静的思想
有时涓涓的细流带着喧嚣的肉身
我坚信五月的云是雨后的彩虹

今晚降温

一场冬风来袭,夜无法遣词造句
我也无法消遣昨日的热情

墙边的枯草软了身体随风摆
打磨的批评查无此人

空心的竹子容不下半滴露珠
预设一场欢乐无人认领

风冷遍全身,忘了自己是谁
生成的结论有人对号入座

诸神难唤醒假装睡着的人
只是惊醒我的梦

立冬帖

斗柄指西北,江水始冰,天地始冻
遇草木凋零,纵有万般柔情
无意书写寒风冷雨无情

节气更迭,情缘生灭
出发之前惠风和畅,收拾太多负重
斑马线上绿灯四十,行色匆匆
跳过收获的深秋,前方注定荆棘路途
遥不知归期

在白纸上描绘,在空墙上涂鸦
年轮如期而至的问候
总有舍不得放下的瞬间、撞击心灵的印记

总想说些什么总结深刻的过去
拿起笔无从表达真实的虚荣
明知集体献媚是个体虚无缥缈的赞美
我却在乎谎言的过度包装

立冬万物收藏,夜雨兴高采烈
多久没回老家,我就世俗了多久
寒意由心而发,无力焙热酒
端杯,盛满奴性的卑微
始终无法释怀,拼命播种希望
尝试看透人间的风和雨

在云端寻找你的背影

黑茶芬芳,盖不住黑夜漫长
土酒很劲,也没有留白
摔破的酒坛香味四溢
停留得太短,瞬间消散在空中
散就散了,何必依依惜别
酒留在胃中会酝酿呕吐的情绪
情留在心中会饮泣伤神
走就走了,何必上云端寻找你的背影
找到的只是你被牵走的手和
被搂抱的情怀
醉就醉了,清醒是要付出代价的
留下来的都是孤寂的灵魂
尽管咆哮地歌唱,大口地喝酒
谁在意以后发生的一切

多　想

多想让风儿传个口信
让天边的太阳
多给点霞光云儿
哪怕是黄昏
毕竟有霞的云朵最漂亮

多想让雄鹰向天空报个信
让苍穹多一片深蓝
特别在落英缤纷的深秋
哪怕风已经被染黄了
始终天空深蓝云朵才更白

多想门前的橄榄树

能伸出一条树枝
挽留那只宿在枝头的小鸟
让小鸟的歌声
天天回荡在家园四周

多想把月光拉进我的房间
裸晒我惆怅的心事
让藏在心底的深情
依旧睡在月光里不曾醒来
沉淀出生活的留白比云更白

伤 春

喜欢一个人听风
却怕孤寂到风中无言
喜欢一个人看雨
却怕浮现雨中背影
喜欢春色满园
却怕伤怀花落的凄美
想把你写入诗里
却怕诗里找到你的名字
风若自由不会吹散云
云若自由何尝不想停留山冈
嫉妒过别人浪漫的爱情
但爱情的最好礼物
原来是平凡的生活

搜寻你来时的路
洒一地的春色牵挂
回不去的曾经
丢失那直抵心房的香
放不下的过去
是我心口永远的痛
等一场春暖花开
或许是严冬永远的伤口
却是我一辈子的梦

秋夜无眠

初秋的夜幕如轻纱尽掩
伴着如水的冷月
总会有一丝微凉,一丝忧伤
我把自己交给了夜
夜却给了我一抹清愁
迷失了那颗最亮的星星

风吹走了一片云
让月色爬上了我孤独心窗
增添几许忧郁,几许凄凉
夜还是没有把我收留
触碰那无处安放的灵魂
吹跌了那片凋零的黄叶

细细聆听秋雨淅沥敲在石板路上
仿佛散发着岁月的回声
而我听到的却是寂寞
迷离的夜色烟雨朦胧
我什么也看不清楚
是时光里的真相

仿 佛

仿佛在心里最柔软的地方
开了一道口子
倾出无尽的相思
分明看到了雨的颜色
连风也染了色
吹干了泪水
栖在山头的云朵
也皱了容颜
转不过身的回眸
是最深情的无声告别
仿佛听到心里最强的呼喊
把心停靠岸边
等待走在路上的灵魂

那无处安放的依恋

想伸手去挽留

却

一地残骸

雨中黄昏

触摸不到那厚重的云彩
终将倾下那滂沱的大雨
洗不尽满怀期待的心事
忆起那一帘醒来的幽梦
是梦太长还是情太短?
是理性的现实让浪漫的情怀
从此深醉
街角的灯光太暗
拉不长依偎的身影
让两条平行线渐行渐远
走不出印记的那道痕
镌刻着恨晚的相逢
交不出那完美的结局

既然感动那黄昏大雨的澎湃
就必须接受那夕阳晚霞的短暂
情感如是
人生如是

如果云知道

如果云知道
是谁为那一帘幽梦
触碰内心最柔软的地方
倾注无尽的爱,蚀尽入骨的痛
却仍不愿醒来

如果云知道
是谁为那一阕情怀
陶醉在彼时徜徉的欢乐
没来得及精彩已荆棘丛生
将彼此逼得无路可退

如果云知道

是谁为那一段尘缘
哽咽失语在深夜的诗句
字字椎心于泪滴的伤痕
让爱到极致痛到无言

如果云知道
是谁为那一抹相思
凄美了风吹叶落的惆怅
在岁月深处尽情吟唱
奈何风带雨追不上云的脚步

如果云知道
或许失去比拥有更踏实

一封信

写一封信给云
留白皱褶的信笺无关风月
只为驻足停留的刹那芳华
填满脑海里的春夏秋冬
从此季节不再更迭

写一封信给明月
搀扶月光走进房间
龙钟的脚步散了一地
洒进心中的柔软
是支离破碎残缺的梦

写一封信给我爱的人

按捺风雨飘摇的玻璃心
提笔写下一段段相思
别让行走都市森林的高楼
冷落了初心的老屋

写一封信给爱我的人
擦拭锈迹斑斑的平常心
感恩铭记暖暖的情怀
不让触动心灵的旧时光
溜走在无情的喧嚣

写一封信给我自己
聆听发自肺腑的醉春旋律
沉淀的艳骨风流
开不出如期的花季
谁还在乎落叶的离伤?

一帘幽梦

你像一片飘忽不定的彩云
不时走进我深邃的梦中来
你像一阵无痕的轻风
吹拂着我落寞的心湖
如果日出的霞光照耀着依偎的身影
是美丽神往的
那么落日的余晖拉长手挽手的身影
是温馨浪漫的
是谁触动心灵最柔软的地方
心有灵犀唯你最懂
若能相知又相逢
共此一帘幽梦

自 由

如果生活铸造了牢笼
我愿做翱翔的雄鹰
哪怕迎面的是风雪
海阔天空也是一种自由

如果现实布下天罗地网
我是一个有线的风筝
哪怕被现实套牢
张弛有度也是一种自由

如果命运让彼此相遇
请你叩开红尘的心门
朝暮聆听你入世的花莲

长相厮守也是一种自由

如果文字可以粉刷灵魂
我决定让心漫无边际
像微风吹送飘逸的云
天马行空也是一种自由

如果没有如果
我像风一样自由
吹散岁月的尘埃
静静等待云卷云舒

心　尘

如果用笔能写尽流年
我不知道要沉淀多少风霜
那风中有朵雨做的云
让谁的魂化为雨中的梦
用最唯美的语言写一首诗

如果凭墨能刻骨写意
我不知道要积累多少人生
那吹散的满身尘沙
让谁为君舞尽三生风雅
把最炙热的柔情藏在那里

如果用心能恋尽红尘

又是谁让岁月沧桑了容颜
那揪心的一次回眸
有一道痕幻化成轮回找寻的印记
把心语寄存于流连忘返的瞬间

花间烟火四季酒(组诗)

春色与春心,画太平

春雷唤醒春光,春雨慈悲万物
春心融入酒色,柔和的春酒
不突不兀,不卑不亢,不悲不欢
我磨墨濡毫,临摹万家烟火
画一幅人间春色
画古镇烟云青翠
画老林雾绕成仙
用千年窖藏的生活原汁着墨
在江河交汇处选景
画出无穷的快意和欣喜
意通达,醉无形,人生有酒万事足
我也是甘于无名的酒客

点燃春心,又保持足够的克制
情感与意念会在长久的蕴藏后启封
此时,我更愿意描绘新芽顶掉的
最后一片雪花
但是白色难以表达,那是长久岁月的等待
仿佛奶奶从青春到暮年酿酒的一生
她有一部分灵魂安居在酒瓶中
但我无法把她用生命酿就的骨气融入画中

春天的雨露,滴落青春的叹息
我的记忆里,只有奶奶脸上镌刻的皱纹和慈祥
我也想用眉黛青翠,勾勒她年轻的容颜
但还是不画了,老年也是一种美
只要喝下她在春天酿成的老窖
我就喝到了沉淀在岁月里的青春滋味
我喝下的每一杯酒,都是无尽的思念
有时,我也会用泪水落款
我不画具象的工笔,只泼墨,只写意
这无尽的春色要用一杯酒才能压在心底

热风与烈酒,品冷暖

预设一骑红尘,翻山涉水,穿云越雾
六月花开,蝉鸣击掌,我也可以在花香中
饱尝大好山河
我听见美酒在风的血管中奔跑的声音
听见风声携带酒香
从山间峡谷中呼啸而来
听见奶奶的叮咛在血管中沸腾

奶奶说
风是千古遗物,尝尽人间悲欢
夏风与凉水的融合,适宜酝酿人间美酒
热风与烈酒,让大地上行走的人们口舌生津
他们迎着毒辣的太阳,借夏风散去秕谷
留下好谷与精粮,酿出绝世美酒
又借滚烫的田水洗尽身上的疲惫

奶奶还说
秦淮河的清风到了门前,就变硬了
穿过秦巴山岭的风是锋利的刀
生活就是小心翼翼地穿过利刃
即使烈酒灼心,岁月飘摇,白发枯灯

生活的风口和浪尖也敌不过一杯自酿的美酒
她就这样
在风中飘摇了一辈子
在酒中坚定了一辈子

奶奶不说了
她把南方的方言永远停留在天府的夏天
她的叮咛曾经是炙热的夏风
现在是夏风里的清凉
我只有记住奶奶的叮嘱
在浓郁的窖香里，品尝人间冷暖

花香和酒香，知天命
飘再多白云，也藏不住秋天
巷子再深，也藏不住老窖的酒香
在香气中行走，我放慢了脚步
油纸伞下暗藏思念
我在秋风中漫步，寻找香染的容颜
桂花始终保持谨慎的态度
开得再慢一些，就有了酒香
其实她更愿意停在八月，停在八月的枝头
花有花的命

说出一朵花的哀怨是矫情
说出一朵花的怀念是深情
藏在奶奶临行前密密缝紧的香囊里的
花香和酒香,已经滋养我长大
过去的香,回不去的香,直抵心房的香
如落花流水,一去不返

老林不经意间,白鹭已翩然飞过
湖边酒吧里都是寂寞的养花人
举起一杯盛世天香,又不敢深醉
那停留在胃中的酒会酝酿更加激昂的情绪
有时低饮也会伤神
有时浅酌也有欢乐
即使光阴荆棘丛生
酒香里的陶醉也可以安身立命

冷冬与热酒,等挚友
鸟迹灭,大地冬眠,冬天把生命的感觉藏起
冷风藏去颜色,留素白给孤独
白雪藏去尘埃,留冷冬给洁净
窖池却在冬天蓄势待发,发酵
所有细细碎碎,在新的轮回里

秋收、冬藏、春出酒

我在冬天借热酒避开冷眼，藏起冷心
看落花随流水，枯草任风吹
换一杯酒，就换了一种情怀
每一种情怀都可以醉上心头
昨晚留在无人区的情谊也是一种沉醉
有时呕吐，有时倾听
总有一个合适的地方埋藏我的心事

冬天的笑，有时冷漠，有时热烈
像我在人群中的沉默寡言，或独处时的思绪万千
大地上还有无处晾晒冬衣的人
但我知道，酒的热情会接纳所有人
蕴藏在冬天里的酒，是春天热烈的伏笔
我也在等，和我一起在春天打开酒坛的人

中国梦

历史是什么
历史是长城那道伤痕记载的沧桑
是长江跳动的脉搏沸腾着的自信
是黄河流动的血液奔涌着的骄傲
是五岳握紧的拳头怒斥着的耻辱

透过历史看祖国
夏商殷周,秦皇汉武,三国两晋
金戈铁马,穿越了上下五千年
历史给了祖国这片土地一个坚强的民族
古老的文明,镌刻在残矛断戟上

历史是滚滚江水,有潮起,有潮落

我们民族挺起南泥湾的抗争精神
自力更生建造在南京的长江大桥
历史是北大荒的激情岁月
是天堑变通途的港珠澳大桥

历史是一九七九年那一个春天
有一位老人在中国的南海边画了一个圈
讲述改革开放春天的故事

伤与恨，血与泪，让我们铭记历史明镜照形，古事知今
历史是勒紧腰带，在血与火中锻铸忠诚
未来是撸起袖子，在风与雨中磨砺信仰

历史以山海为卷，以岁月为笔，绘就祖国"大写意"
未来是落笔精雕细琢，绘制祖国壮美宏图的"工笔画"
未来是着眼大局形成合力
像石榴籽一样紧紧抱在一起
奋进中挺起的民族脊梁
实现中华民族伟大复兴的中国梦

读《楚辞》（组诗）

清明读《招魂》，江南堪哀难以忘情

春天桃红柳绿，万念丛生
清明天阴有雨，人容易犯困
我读屈原的《招魂》，万物哀伤

"东方不可以寄居停顿，南方不可以栖止
西方流沙雷渊不止，北方不可以停留
天上、地下都有怪物据守"
我将自己身世处于《招魂》文中，感同身受
屈原虽有故居招魂，却无安身之命
我又何曾奢求立锥之居？
用清廉道义念一段悼词，人间何处安魂？

我身居外地,乡情的心没变
回乡祭祖,看见田园荒芜,听不见鸡鸣犬吠
老屋草木深深,村头的石板冰凉
清明的雨洗不掉所有悲伤
拜祭的人却欢歌笑语,又无法忆及先祖名字
焚香许愿,借助一座墓碑去找寻历史
招不回迁居的灵魂
用一座坟维系的亲情,支离破碎
目光所及,乡村的小路已被野草遮漫
叹息伤春的心,吾魂何归?

端午读《离骚》,无与伦比的孤独
人间不见君王,天界不见天帝
无志同道合之人,孤独便倾注一生
一个没有旅伴的漂泊者,不要说你仍有剑在手
剑本身也是一种孤独

连最亲的姐姐都在责骂劝说
一个灵魂找不到另外一个灵魂
注定众叛亲离
你渡过沅水、湘水仍无法把道理讲清

情虽藏在心里,景物表象都是抑郁沉怨

千里马拉着沉重的盐车
无法成为驰骋战场的战马
你的伯乐却在谈论驴事,始终没有出现
上叩天门,下求知己,皆无法达成心愿
悲欢散尽,从彭咸之所居
你用死成全理想与抱负,但找不到共赴之人

汨罗江的水太软,葬不了你坚硬的傲骨
龙舟竞渡,虽驱散了鱼群
但肉身很快就会衰朽,唯有人间的疼痛不朽
遗骸融进了端午的粽子,留下你的孤独
你发光的灵魂洒满长长的汨罗江
从此,汨罗江的月光不再孤独

失意读《天问》,彷徨于川泽之间
或是为了排解心中的愤懑
或是为了舒泄胸中的愁思
缘何布局如此整齐
把悲伤折叠成山川、河流

人都有彷徨的时候
无论天问还是问天,但凡叩问上苍
注定没有答案

如何用问号反诘自己
是哀其不幸,怒其不争?
还是厌恶自己的平凡普通?
或者答案并不重要

谁曾经满怀希望地踏上征程
现实却不是所有的愿望都开出花朵

世事明明暗暗,人间阴晴圆缺
因果,早在轮回中注定
你唯一可做的就是
安一个干净的灵魂,独善其身

保持距离是爱的隐喻

总会有一种信仰矢志不渝
总会有爱的气息在空气中传播
总会点亮渴望的一束光
引导沉重的脚步走过逼仄冗长的街道

未来得及安慰疲惫的身躯
我听见空荡的操场上鸟儿窃窃私语
仍无法注解
白衣上的名字称重英雄几两

无论行色匆匆
总会有一个人值得等待
总会有一瞬间值得铭记

一米线的间条，隔空拥抱的母女
那是从风穿过的深情
保持距离是爱的隐喻

谁在无人的课室写下颂词
告诉我世间美好，人间值得

那手提马灯在雾霾中行走的人
总会找到云开雾散的光明

深情帖

深情注视了太久,我便宽恕了所有

那无人打扫的楼道,尘埃随处跌落
那锈迹斑斑的铁门,打开又关上

河水浑浊,坐乱石上的垂钓老者两手空空
雨水太少,我不敢责怪那河边婆娑的榕树

想想背井离乡讨生活的人
想想寒冷中那风与雨的重逢
我赶紧扶正路边小草
让它在来年春天茁壮成长

辑四　面具

面　具

我嬉笑，我怒骂
我对自己心生厌恶
一桌佳肴，一杯美酒的距离
说着自己都听不明白的话
谎言虽然令我讨厌
言不由衷才是锥心的痛

我低头，我走神
我不敢与云眸对视
怕一阵风吹走我的三魂七魄
素面倦容绝不是你的面具
雷电一闪而过，很光亮
发誓的人只在意它的声音

遭雷劈的往往不是乱发誓的人

我写东，我写西
我描绘不出你的颜色
也撕不掉心里戴着的面具
变色龙的拟态谁会看得懂？
来一场雨也洗不掉伪装的表情

我要说多少无关痛痒的话
才能支开你直逼内心的眼神

味 道

开错了季节的金银花
在阳台前用怒放的娇俏
醉倒于孤独的深秋
无关吹落一地的黄叶

风向星空撒了一个谎
故意把月光引进了窗台
洒向那一碗钵仔糕
是年味也是乡愁

点燃一支香烟
压不住城市的喧嚣
此刻没有酒

记起你大汗淋漓的叮咛

是影子出卖了那份薄凉
还有你身上的味道
不想回归的现实
只把花香揽入怀中

夏　花

七月可以无风
郁金香开满了庭院，五彩斑斓
花香不知从何传递
耐不住寂寞的紫色伸出墙外
蒲公英却把颜色给了蜜蜂
记起的只是身上的味道

风凉不了热夏
菊花怒放着娇俏
紫荆花燃烧紫色的火焰
花季可以很热烈，激情燃烧
也可以很羞涩，素如白纸
花儿在热浪中跳舞，绚烂夺目

记录的不是季节

雨水冲刷了尘埃,却夭折了花期
零落一地凄美,徒留枝繁叶茂
既然告别,何必用去整个夏天
昙花一现耗尽毕生绚丽
掉落的花朵却香漫整个世界

花开如果灿烂
何必在乎天长地久

历史老师

那时候你说你是一个演员
或站在三尺原地,或坐在无背椅子上
从夏商殷周,秦皇汉武,三国两晋
金戈铁马,穿越了上下五千年
用激昂的表情,陈述即兴的砌词
用身正为范为历史打开一个扣子
剪一段时光种桃李满天下

江湖刀光剑影,历史集采奇异
讲苏轼,讲屈原,讲李白
讲大禹治水三过家门而不入
讲小乔初嫁了,公瑾羽扇纶巾
讲既生瑜,何生亮

讲乾隆微服私访
你不管正史、野史
你不管楚辞汉赋、唐诗宋词
你只说以史为镜，可以知兴衰

举起天朝上品，邀不来秦时明月
长城依旧在，唯独不见秦始皇
吴楚的清风只到了门前，就染上了五光十色
你说还能来，是在雨打风吹的若干年后
纵使昨夜的酒，加几滴秦淮河的胭脂，正好能梦回扬州
你偏把杯子喝醉，吐一籍夜光的情怀，缱绻历史涓流
你说历史终将成为历史
只是一定要从历史看到未来

爱那么短,遗忘却那么长

昨晚的雨太大
透过没有紧闭的门窗
撇湿随风飘扬的帘
若不是风太大
无法感受炎夏的热情

昨晚的夜太长
不经意看见梦中的影子
是零落一地的夏花
若不是没有礼物的圣诞雨夜
怎会走散在这多情的季节

爱那么短,遗忘那么长

赴约一场没有结果的遇见
注定埋下结束青春张扬的种子
若不是心疼在提醒我
潮湿了的枕头此起彼伏
竟一时不适应没有难过的日子
早写满了山长水远的思念

木棉花开

当寒冬凛冽褪尽最后一片叶子
剩下秃枝寒树
你用带刺的躯干
向天空伸展着伟岸的坚强
那是一种壮硕的风骨

当春风徐来
你硬在瘤刺的夹缝
长出那鲜红的花骨朵
你用单一的那抹红
向苍穹诉说着隐藏的生命
那是一种侠骨的柔情

当荼蘼花开
你连坠落都分外豪气
在空中保持形状旋转而下
你用最响亮的道别
向人间阐述着英雄的气概
那是一种血染的风采

木棉花开
冬天不再来

初夏静夜

如果说这是初夏
问春何故如此匆匆
缘何风和日丽仿若凉秋
被风带走了那么远
让时光留白了那么多

如果说这是夏夜
问夜何故那么寂静
却在心中悠扬晚笛的忧伤
用一阕青词言一言心事
写下你未曾远离的诗

如果夜还可以再长

请让天还是快一点亮
不让这思念迎风飘摇
忍痛用平静的心情
看淡回忆的忧伤

如果白天不懂夜的黑
夜也不懂我的等待
用相拥的光阴收留心的漂泊
红尘若有离伤
今夜还有梦

拥　抱

从拥抱开始，一句风中的戏言
QQ 空间的一个图案在你耳边呢喃
如春风的柔软沐在怀里
都想让对视的彼此住进心中

用拥抱安慰圣诞节前忘了礼物的人
最充分的理由让急促的呼吸
牵引彼此最贴近的距离
融化了没有兑现诺言的亏欠

用拥抱坚持一场无法前行的徒步
大山般的胸怀让加剧的心跳
成为最激动人心的鼓励

弥补了无法言喻的裂痕

用拥抱结束心底多少的无奈啊
委屈的泪水成为最难以吞咽的苦涩
记取这生命的断章
留下一段精彩

莲

你把夏天开成灿烂的碧绿
为池塘的鱼儿撑起整片天空
荷花忘记了炎夏的热情
蛙鸣鼓噪起一片繁华
清风揽着荷塘月色入梦

你把秋天化作成熟的果实
用藕的方式深藏于污泥
活出不染纤尘的圣洁
池塘早已忘了月光的皎洁
任吹皱的湖水盛满一池温柔

你把文豪的残荷枯槁写成风月

用莲开一度开悟了多少人生
鱼儿不追逐你刹那芳华
只守望你把直茎垂入池塘的伤感
抵达内心深处的是不被污染的灵魂

吻　别

没有电影情节的无人街头,夜依然冰凉
南方的深秋本没有那么冷,叶子黄了
不能收获的果实也熟了

故作从容地点燃一支烟
想把你吸进肺里
风却把最后的薄凉吹进骨头里
要么收获要么枯萎的选择
遍布全身

还是狠心转身离去
没有回头也不敢回头
怕凝在眼眶的泪水被你发现

把哽咽吞下了肚子
不想说再见

没有把最后一吻印在你的唇
只托秋风捎去万般柔情
消散往事成云烟
执笔把你写入文字里
哪怕每页留着伤痕

痕　迹

以风之名吹落云的影子
不曾在这座山栖居
阴暗了大树和小草
大雁只是天空的过客
来过,不曾带走什么

以山之名开遍山野的小花忘了名字
小溪啼不住两岸的欢快
喜鹊站在了枝头
布谷鸟发出求偶的信号
驶入灵魂的小舟搁浅在湍急的河流

以爱之名途经内心的荒芜

站直的微尘在跳舞
丢在路旁的思念忘了唤醒梦中的呓语
爱过,不曾改变什么
也未留下了什么

风来过,树叶知道,大山没有在乎
从天而过的大雁忘了
住进大山的小草忘了
如果都忘了
谁又还记得大雁到过天空?
谁又还记得小溪流过大山?

恋

忘了撑伞并肩走过窄长的雨巷
细数柔情的雨点
你说有雨才浪漫
因为有我在

忘了抬头一起仰望灿烂的星空
找寻那颗最亮的星
你说那颗星是你
因为我是唯一的月亮

忘了牵手依偎走过晚霞的斜影
轻揽落日的余晖
你说好喜欢霞光的云彩

因为牵我手好暖

忘了心如鹿撞的表白
忘了情窦初开的懵懂
忘了街角拥吻的甜蜜
一切都忘了
忘在深深的内心处

无　题

夏天不宜回忆，不宜谈论，不宜记事
更不适宜在人群中喘息，卑微的呼吸太吵人
偶尔的炎热与持续的寒冷同样令人不适
汗水太多无法收回，注定掩盖泪水
我还要忍受大众扑来的汗臭味

盛夏无花，香气散尽
雨同样不是可有可无的点缀品
风习惯忍辱负重，把愤怒藏在节拍中
阳光太猛，无法形成暴风雨
树叶还是发出声音，蝉在自觉附和

在夏天谈论一场雪也是不合时宜

谈论错别字,我还要同盲哑人讲道理

我想借助一座墓碑去找寻历史
敌不过迁出的灵魂
我为姓氏用自然的笑容念一段悼词
善意的谎言无法平反心中的哀伤
我试图想起你妥协的五官,又有无奈表情

夏天不宜约会,面对佳肴不能欢聚
还不如儿子煮来的一碗清汤面
起码清白不是我一个人所见
风口和浪尖敌不过旧夜的残酒
醉醒也是一样的飘摇

窗　外

澄清的湖水喝醉了春风
裁剪春色披遍绵绵的山野
阳光透过窗户照进来春的气息
没有云的天空只剩深邃的蓝
鲜花开进了我幼小的心灵

船家正网起沉甸甸的喜悦
收获的欢笑用鱼儿装满筐
湖边的荔枝熟透了岭南
用怒红力争一片艳阳
快乐飞翔的小鸟
用歌声唱响鱼米之乡

我不敢探头出窗

怕按捺不住驿动的心

怕留不住这瞬间蒸发的颜色

怕惊扰这迷人的风景

怕失去这来之不易的安定繁荣

我整装待发

种下勤奋的种子

从春天出发

影　子

你从光里走来
蹿到树上，掉在地下
消失于阴雨天，拉长了夜
有阳光与没有阳光之间
明暗之间，动静之间

你离我很近，仿佛就在眼前
但我触摸不到你
你离我又很远
因为看不清楚你的样子

我不知道是你跟着我走
还是你带着我走

有时我想和你说说话
你却沉默得让我自言自语

没有你的地方
没有你追随的时候
只有我在独自欣赏
留下来的是模糊映象
再也找不到自己

花间辞（组诗）

从春天想到青春

在春天万念丛生
想起不懈追求，疯狂生长，勃勃生机
想起人间美好万物，想起花
桃花、樱花、迎春花，都是灿烂的开始
桃花生暧昧，粉红荡漾春心
自不必回忆北方窗前的冰凌花
桃红柳绿各自安好，无须辨认花的颜色
只爱一丛青绿，忽略了花香
忽略雨水纷纷，不重复清明的哀伤
只折一根桃枝去花，插在门楣
若借春风打拍，再唱春水谣
河边杨柳无生怨，落花无生悔

我还要用春风打扫,收拾这无邪的青春

从秋天想到成熟
秋雨下落不明,枯草随风
虚竹拔节,无人在意秋天的花
苦楝树已过花期,结出丰硕的果实
与一场雪保持距离,梅花未开
就开始怜悯没有冬衣的人
好在月亮注意花前的悄悄话
用脚下的河水洗去尘埃,沾染人间烟火
我还记起顽石受尽的折磨
柿子用通红的肉身换来种子的灵魂
桂花始终保持谨慎的态度
比就地掩埋,她更愿意停在八月
成熟付出的代价,有时是牺牲一切

从时间想到珍惜
时间是杀花手,寄居人间的花都加了刑期
还有风雨的审判,再美的花都会凋谢
花有花期,经历灿烂是一生的荣幸
花有花的命,有些花掉在地上,有些掉在污渠
说出一朵花的哀怨是矫情

流水祭花,都是一去不复返
我不必为一朵花瓣悲伤
穿过花香,红了樱桃,绿了芭蕉
在万花丛中行走,求知方利行
一朵花开,从时间里来,青春摇曳至落红成泥
开到荼蘼也是瞬间芳华
比起彷徨,不如活在当下

写在七夕

随着牛郎的箫笙
独看星空鹊起成桥
明知银河的彼岸没有你
注定辜负了这千年的等待
今夜,我的文字里没有你

带着惆怅的心事
静守心头孤独成殇
明知再深情的文字
也抒怀不了这无尽的思念
今夜,我用文字想念你

陪着织女的等待

守望一场没有归期的重逢
明知你是一个永远得不到的梦
总要找一个写下去的理由
今夜，我的文字全是你

等

当我惆怅于风吹叶落的凄美
我是在等一缕春风
把那片七彩祥云吹回山冈
不让二月的云
遮住三月的太阳

当我哽咽失语在暗夜的诗句
我是在等一场夜雨
把那雨中的背影留给深夜
不让夜的黑
掩盖了雨夜的浪漫

当我陶醉在彼时徜徉的欢乐

我是在等一帘幽梦
把那颗忧伤的心洗净灵魂
不让冬天的尘
蒙蔽春天的记忆

我在等一个知音
我在等一个未来
谁又还在守住孤独
登顶那个无风无云的山冈
山下油菜花开的季节
我在等你

酒醉秋风

秋凉了

风儿轻拈

枯黄了蒙尘的叶

飞花轻落撒下幽幽的愁

吹散了永恒白了絮瘦了枝

人倦了

悲喜沉淀

阅尽了人间的无奈

回眸闪泪掉下浅浅的痛

唤醒尘封的记忆里那抹忧伤的空白

心醉了

紫陌红尘
穿透了心灵的声音
蹉跎岁月留下深深的憾
继续追寻那未曾改变的梦

又一宵
纵有千般情愫
只为追随你那前进的脚步

心　事

再浓厚的节日气氛
也紧扣不了冰冷的手
再熟悉的语言文字
也替代不了受伤的心
再优美的歌曲旋律
也圆满不了破碎的梦

明明相逢却未能相知
怎叫我情愿将缘分各安天涯？
苦苦相爱竟未能相守
怎叫我思念通向那无尽牢笼？

如果参透沧海桑田

谁还会再用一生去等待？
如果彼此不曾伤害
枯死的心会瞬间变得澎湃吗？

梦碎一地凝成冰雹，我的泪
哪怕我再次拾起，也拼凑不了
夜，你既然能停止了雨
风，你干脆吹干了泪吧

墙隅一绿

那是阳台一角的金银花
没有叶落归根的养分
朝盛雨露暮承霞
仍绿，翠绿，盎然

那是温室墙边的一簇藤蔓
没有树升千丈的光合
岁阅风云月读春
仍绿，碧绿，自然

那是墙隅一绿
没有争奇斗艳的芬芳
它努力攀爬努力生长

仍绿,纵然绿,也枉然

那是墙隅一绿
独木终不成林
温室终育不出栋梁
错误的角色扮演在错误的位置

三月，我用青春写诗

三月，我穿越单薄的青春
愿是那雨雾迷蒙的远山
痴迷守护着山下初开的黄花
让隐约的雷声宣告春天爱的永恒誓言
在春天这个日子里
纵情地与大地短暂地缱绻

三月，我浅笑漾在澄清的光波和水纹里
愿是一块无瑕的玉
丝毫不露沧海桑田的痕迹
让忽而兴起的歌喉黯然失音
回眸已是冬的深城
那流觞一样的心情

三月，我寂坐在寂静的月光里
天地那样薄那样透
无法淡化心头那份忧郁
懈怠那一直以来的期盼
我惊醒了沉睡的梦
用青春写着一首真实的诗

呼 唤

夏末,秋如期而至,热却不按时隐退
不按时隐退的还有心的浪潮
知了力竭声嘶响彻了整个松林
这里迫切需要一场大雨
让炙烤的大地归于平静
让冲刷的灵魂归于肉身
下完这场雨,只等寒风侵肌
再无炎热入骨

或者先来一场秋风,<u>丝丝沁凉</u>
以梦为马,梦流光,吹落头上青丝
吹散炎热潮湿的空气
吹走久居心中的郁结

或命海浪涛天，山摇地震
暴露藏在秋的薄凉
让日子淡出尘埃
让骸骨再入尘土，深埋人间烟火

还是让秋重回人间吧
让秋露重上发际
让多事之秋归于平淡
既然亲手在春天播下种子
何必在这夏秋之交呼风唤雨呢？
秋天欠下的收获，必将如期而至

盛夏毕业季

写过秋,赞过春,咏过冬
唯独无从抒怀这毕业的盛夏
是我不敢触碰心灵深处柔软的懵懂
怕惊扰那尘封的朦胧
就让回忆也成模糊
太过清晰容易失真
原来要记录的不是季节
记载着的是一种心情
炽热的心激情燃烧
连风也是热的
暖流暗涌情窦初开的甜蜜
岁月铭记黑白凝聚的经典
雨也潇潇情也潇潇

历史重演着幕幕的羞涩
心也戚戚情也戚戚
素如白纸的花季
侵浸着抹抹红尘
多少年后
多少爱可以重来

六月天

翻山翻水翻六月
终究要迎着这最毒辣的太阳
赶在温度炙烤时把稻谷晒干
赶在余温未散时插上新秧
借满田滚烫的苦水洗掉身上虚荣
借滚烫的晒谷坪磨掉双脚的顽皮
借风谷机吹散空虚秕谷,还有心事
每一寸阳光都需要我锲而不舍
每一场收割都需要我勇于承担
我确信走的是阡陌纵横,人间小路
我确信肩挑着的是稻谷,削瘦肩胛的希望
有时候炊烟连成了云,成握不住的云烟
有时候风凝成锋利的刀,是触摸不到的遥远

我听见蝉鸣的声声嘲笑

忐忑不安了一季的稗草终于沉下心来

与我所说一致

有人把名字放在显眼的位置
贪婪长成虚荣的巨兽
有人将利益放在人情背后
吃尽初心立下的誓言

第一次抉择心生怜悯,无数次随波逐流心安理得
廉若守不住底线,贪就会泛滥开来

委屈的表情盛满奴性的卑微
再明亮一些,就能看清你深锁的愁眉
没有发言稿让你铿锵有力
再响亮一些,就能辨出你颤抖的声音

刃上的舞蹈已经落幕
要有一杯水，让你忍住哽咽
把麦芒藏在心里，等待合适的遗容
无论怎么说悔恨的剧情
志气、骨气、底气、傲气，纷纷落败

要有一张纸，记下时间、地点、人物
序言写京华春梦，从此萧郎是路人
挽联写人情练达，故园再无养花人
名字上的手印，红与黑交相辉映
最后为名利添上注脚
　"以上内容我已看过，与我所说一致"

在炎热的时候等待一场雨

在炎热的时候等待一场雨
雨后的清凉总能抚平时间留下的伤痛
将孤独、屈辱、得失寄居一场雨
清凉的灵魂一无是处

在此之前,太多热情无人问津
安于琐碎让人疲惫,甘于平凡万念俱灰
风也曾踌躇满志,无奈乌云倦怠
在平坦的路上耗费光阴

每下一场雨,河水都漫过草面
无人挽留,也不知流向何处
雨水和河水交融,波澜不惊,难成浪尖

看落花随流水,鲜花娇嫩雨水浑浊,你关注的是画面
看风站在最高的山头,我关注的是风口
抬头看不见更远的天空,低头是人间烟火

习惯冷言冷语,流不出热泪
习惯冷眼旁观,看见更辽阔的山峦
雨后冷静,适合回忆与遥想
过往如恍惚,从前尽唏嘘
我还要用情怀熬过清晰的未来

阴沉的天空那么大

在纸上写诗,在墙上立名
都是用持久的热爱表达短暂的虚荣
留白那么多,要描绘多少难忘的过去
我找不到合适的词语填补空虚

走更远的路便可获取想要的美食
锅里的鸭子已经熟透,何须再等
吹过的风各安其所,吹落的花朵肉身腐烂
阴沉的天空那么大,春雨随时到来
种子的风骨终在恰当时机生根发芽

有人用浓妆遮掩岁月的痕迹
有人面带微笑传递生活的从容

累积的情怀不可泄露
涂改的表情千篇一律
只需肆意一瞥我便宽恕所有

雨夜的哲思

莲花才露尖尖角
池下的锦鲤迫不及待退却光彩
把欣赏关在尘外,不问前程
锋芒毕露或韬光韫玉都是本能
脱颖而出或守静彻冗都需智慧

夜闻檐雨,你为什么变得忧郁
声音印证目光所及的事物
或是故意自我遗忘的谎言
拒绝理解,完全暗黑的天空
飞蛾用毕生力量扑向街灯

风在窗前吹过,保持美的密封性

又是记住从前的唯一证人
把雨写进夜的故事
何必用文字去修饰人间

后记：生活如诗

生活如果往前看，我们总感慨时光如白驹过隙般飞速流逝，从来不会想自己怎么来，要到哪里去。但往前看写过的诗歌，就会看到诗歌中青涩的生活，经历的欢愉，行走的忧伤，印证时光如歌，岁月如诗，流年如画。

人生在世，总会有些空城旧事、年华未央，笔下写不完的故事，刹那即成永恒。我在王子山下长大，小时候总想把王子山写成一本书，王子山的风、王子山的水、王子山的茶，一条河流、一棵大树、一株小草、一个人、一件事等全部都写进书里。长大后发现王子山的一枝一叶总关情，要写的太多了，根本写不完，而且不足以表达我的全部热爱。后来，我想到了写诗，因为诗歌总能以小见大，于是开始创作诗歌，诗歌写多了，偶尔也在当地小报发表，我也顺理成章地加入了花都区作家协会，在协会的帮助与指导下，我得以继续文学创作。生活就这样，你以为是刹那，其实已成永恒。

"读我文字的人,不懂什么人让我如此深情,不懂什么际遇让我如此郁结。"诗歌可以是生活的琐记、人世的一面,也可以是生命的断章,可以不讲哲学不说理,可以平淡如水无诗眼。我一直认为一首诗不一定要有人去记住,抒发感情、聊表心意未尝不可,一首诗因单纯有感而发,也许有人同声相应,也许有人对号入座、芳心暗许。带刀的风太凌厉,锋芒毕露注定隐痛留痕。曾有一段时间,我坚持认为诗歌应有诗歌的语言与技艺,任何平淡的断行、口水诗都是离经叛道,我也因此直白地批判别人的诗,获嫌几许。现在想来是无知则无畏,无论如何成长,更多时间的沉淀、对人事的分辨、处世的哲学,均能帮助我对文学创作、对诗歌表达产生更深的认识,或习得更巧的技艺。

受疫情影响,也有工作的原因,我的诗歌创作一度中断了,仿佛突然对文学创作失去了方向,没有了创作的激情和欲望。好在身边一直有作家朋友的支持,沈鱼建议我:"如果没有写作的感觉,那就从阅读开始,多读作品吧。"于是我不断阅读。阅读是一种好习惯,更是最好的终身学习方式。我看到本地作家对文学的热爱,对文学的坚守,便收拾心情,从阅读开始,渐渐重燃自己的创作激情。通过大量的阅读,写作水平也得到相应的提高,零星发表一些小作品,延续自己的文学梦。生活就这样,你以为错过了花,却收获了雨。

没有成册的诗歌是零散的,就像没有收集的记忆是零碎的,她会像风一样吹过春夏秋冬,渐渐模糊了我们的记忆,苍老了我们的容颜。因此，我总有一个愿望，或是一个情结，就是把写过的诗歌收集成册，正式出版一本诗歌集，为祭奠过去也好，为迎接未来也罢。

因为心动，所以念念不忘。但出书这个事每到议事日程，我总会给自己很多借口，会突然对自己的诗歌失去信心。我时常会问自己："我的诗歌真达到出书的水平了吗？""在这个快速发展的时代，还有多少人可以静下心来阅读一本诗集？""自媒体的年代，真有必要出书吗？"这些问题会纠缠着我，成为我出诗集的绊脚石。随着阅历的不断提升，接触更多的人和事后，我逐渐发觉，做自己喜欢的事，何必在意别人的看法，于是出诗集的愿望再一次强烈起来。在沈鱼、刘浪等本地作家的鼓励下，我坚定了出诗集的决心，"我想唤回的无非是不想收拾的灵魂"。生活就这样，心若动，念即成行。

2020年，我与出诗集的机会擦肩而过。当时花都区作协准备资助十位本地作家出书，我匆匆忙忙将所有写过的诗集一块交到区作协，但后来因资金问题，项目腰斩，我的出书梦也被迫暂时终止了，我当时还为此萌生一肚子火。现在想来却有点小庆幸，因为如果在当时那么匆忙的情况下出书，诗歌本身的质量不说，单单外形设计就够粗糙了，那书的质量一定不会好。生活就是这样，你以为错过花期满枝，却迎来下一站彩虹满天。

2023年3月，机缘巧合，有幸接到广东散文诗学会陈惠琼会长的邀请，加入了广东散文诗学会的丛书计划。

有人说诗歌源于生活又高于生活，生活需要我们去发现，需要我们去感受，"虚构一场秋雨不足以浇冷世界，虚构一朵白云不足以倾尽爱情""彩霞满天是我澎湃的感动，残阳泣血是我忧伤的画面"，因此，我说生活如诗。

范剑峰

2023 年 3 月 18 日于广州花都